# CAPITAINE BOBETTE ET LES MISÉRABLES MAUVIETTES DU P'TIT COIN MAUVE

Le huitième roman épique de

## DAV PILKEY

Texte français d'Isabelle Allard

Éditions
■SCHOLASTIC

Avis aux parents et enseignants
Les fôtes d'ortograf
dent les BD de Georges et Harold
son vous lues.

Copyright © Dav Pilkey, 2006.
Copyright © Éditions Scholastic, 2007, pour le texte français.
Tous droits réservés.

ISBN 978-0-439-94846-3

Titre original : Captain Underpants and the Preposterous Plight
of the Purple Potty People

Édition publiée par les Éditions Scholastic,
604, rue King Ouest, Toronto (Ontario)  M5V 1E1.

8 7 6 5 4     Imprimé au Canada 139     17 18 19 20 21

MIXTE
Papier issu de
sources responsables
FSC® C103567

Pour Elizabeth « Boom-Boom » Eulberg
Vive le E.E.C.!

# TABLE DES MATIÈRES

# VOICI UNE FOIS ENCORE
# L'HISTOIRE TOP SECRÈTE
# DU CAPITAINE BOBETTE

par
Georges Barnabé
et Harold Hébert

Il était une foi~~s la~~ deux p'tits gars super appellés Georges et Harold.

On est super!

Moi aussi!

Maleureuseman, leur directeur était le méchant M. Bougon.

Je suis faché. Bla bla.

Un jour, ils l'ont hynoptisé avec un Anneau hynoptique 3-D.

Tu vas obéir à no zordres.

OK

Par aksident, ils lui ont fait croire qu'il étai un superéro.

Tu es mintenant le capitaine Bobette.

OK

Regardé! Je suis le capitaine Bobette!

Mais il s'est sôvé pour combattre les méchants.

TRA-LA-LAAA

Zut.

Georges et Harold ont couru après lui.

Hé, revien ici!

Non!

Un jour, il a bu du superjus croissance accélérée.

S.C.A.

Maintenan, il a des superpouvoirs.

Regardé-moi! J'ai des superpouvoirs.

Oh non!

Mais attendé, ce nez pas tout!

Écouté bien, parce que c'est important!

Chaque fois que M. Bougon entent quelqu'un claquer des doigts...

... il se transforme en capitaine Bobette.

TRA-LA-LAAA

Et la seule fasson de l'arêter, c'est de lui verser de l'eau sur la tête.

H₂O

Il redevient alors M. Bougon.

Bla bla bla

| <del>Dont</del> Dans leur dernière avanture, Georges et Harold ont adopté deux animaux... | Sulu, un hamesteur bionique... Génial!  |
|---|---|
| ...et Biscotte, un ptérodaktile. Super!  | Tout allè bien, jusqu'à ce qu'un surdoué appelé Louis s'en mêle. J'vais le dire! |

Louis a fabriké une machine à remonter dans le temps à partir d'un p'tit coin mauve.

Ça ressemble à ça

Entouka,
Georges et Harold
voulaient se servir
du p'tit coin
mauve. Louis les
a avertis :

Ne l'utilisez pas
deux jours de suite!

Si vous l'utilisez
deux jours de suite,
~~quel~~ kelque chose
d'horrible va arriver.

Je suis sérieu!
Ne l'utilisez pas
deux jours de
suite.

J'insiste!
Ne l'utilisez pas
deux jours de suite.

Et puis...

Hé, on devrait l'utiliser
deux jours de suite!

P'TIT COIN
MAUVE
INC.

# DONC...

Georges, Harold, Biscotte et Sulu ont utilisé la machine à remonter dans le temps deux jours de suite... et kelque chose d'horrible est arrivé!!!

... QUE VA-T-IL SE PASSER?

Les Éditions de l'arbre inc.

# CHAPITRE 1

# GEORGES ET HAROLD

Voici Georges Barnabé et Harold Hébert. Georges, c'est le squelette de droite avec une cravate et les cheveux en brosse. Harold, c'est le squelette aux cheveux fous à gauche, qui porte un t-shirt. Souviens-toi de tout ça..

Dans leur dernière aventure, comme tu t'en souviens probablement, Georges et Harold ont commis l'horrible erreur d'essayer de franchir une distorsion spatiotemporelle artificielle sans laisser refroidir le super-bimiflimanatron C-2X906 de leur bébelotruc-ossificateur, ce qui a provoqué un décalage sous-paradoxal alternatif dimensionnel, lequel a ouvert une brèche oppozo-dimensionnelle réelle vers un bio-nanzoflamascarpone zinticulaire sous-omnivateur.

En termes scientifiques, ils ont *gaffé*.

Mais ne panique pas, même si tout le monde a l'air d'un squelette. Les rayons X sont la conséquence normale d'une brèche oppozo-dimensionnelle réelle. Ne t'en fais pas, ça va sûrement s'arranger quand tu auras tourné la page...

Tu vois? Qu'est-ce que je t'avais dit?

Georges, Harold et leurs fidèles animaux ont soudain souhaité n'avoir jamais mis les pieds dans le p'tit coin mauve pétrifiant qui était sur le point de les expédier au fond de l'abîme terrifiant de l'inconnu... un voyage qui signifierait probablement leur anéantissement et provoquerait sûrement la destruction de notre civilisation, telle qu'on la connaît...

Mais avant de te raconter cette histoire-là, je dois d'abord te raconter celle-ci...

# CHAPITRE 2

# ILS SONT FOUS, CES ADULTES!

On dit que les adultes passent les deux premières années de la vie de leurs enfants à les encourager à marcher et à parler...

... et les seize années suivantes à les
encourager à s'asseoir et à se taire.

C'est la même chose avec le petit pot. La plupart des adultes passent les premières années de la vie d'un enfant à discuter allègrement de pipi et de caca, à lui apprendre l'importance de mettre le pipi et le caca dans le petit pot, comme les grandes personnes.

Mais une fois que les enfants ont maîtrisé l'art de la propreté, on leur interdit aussitôt de parler de caca, pipi, toilette et autres sujets associés à la salle de bain. Tous ces mots sont soudain jugés vulgaires et impolis, et ne sont plus récompensés par des félicitations, des biscuits et des boîtes de jus.

Un jour, tu es une vedette parce que tu
as fait caca dans la toilette comme un grand
garçon, et le lendemain, tu te fais envoyer au
bureau du directeur parce que tu as dit le mot
« caca » pendant le cours d'histoire (ce qui est
pourtant un bon endroit pour dire ce mot).

Tu te demandes probablement pourquoi les adultes agissent ainsi. Pourquoi encouragent-ils quelque chose pour ensuite *l'interdire*?

La seule réponse que je puisse trouver est que les adultes sont complètement *fous* et devraient être évités à tout prix. Peut-être as-tu la chance d'avoir trouvé quelques adultes en qui tu peux avoir confiance, mais tu seras sûrement d'accord si je te dis qu'en général, tu dois les avoir à l'œil.

Adulte = marteau
Grande personne = tordue

C'est justement ce que font Georges et Harold.

## CHAPITRE 3

# RUDE ÉCOLE

En effet, à l'école de Georges et Harold, les adultes ne sont *PAS DU TOUT* dignes de confiance.

Prenez le directeur, M. Bougon, par exemple. Ce sans-cœur cruel adore faire pleurer les enfants. Son âme se réjouit à la pensée d'anéantir les espoirs et les rêves d'un enfant, d'écrabouiller sa joie de vivre contre les rochers acérés du désespoir éternel.

Chaque jour, M. Bougon se tient
à la porte de son bureau pour distribuer
en jubilant des avis de retenue à tout enfant
assez malchanceux pour croiser son chemin.
Il les punit même pour des fautes ridicules,
comme le fait de respirer sans permission,
de sourire, de dégager une drôle d'odeur...

24

Si M. Bougon est méchant, ce n'est rien à côté de la plupart des enseignants de l'école de Georges et Harold.

Heureusement pour Georges et Harold, leurs cruels enseignants ne sont pas très intelligents. On peut les berner facilement, et les deux copains ne s'en privent pas.

Tu trouves peut-être que ce n'est pas gentil de la part de Georges et Harold de vouloir duper des imbéciles, et tu as probablement raison. Mais Georges et Harold essaient seulement de tirer le meilleur parti de leur triste situation.

Malheureusement pour Georges et Harold, leur triste situation est sur le point d'empirer encore...

# CHAPITRE 4

# LE PAYS
# DU P'TIT COIN MAUVE

Après plusieurs minutes intenses de clignotements orange, de rayons X, d'éclairs et de tourbillons d'air chargé d'électricité, le p'tit coin mauve cesse enfin de trembler et de ballotter, puis s'immobilise. Une épaisse fumée jaunâtre sort de ses tuyaux d'échappement brûlants pendant que l'embrayage et le moteur s'arrêtent en grinçant et en toussotant.

Georges et Harold n'ont aucune idée de ce qui les attend.

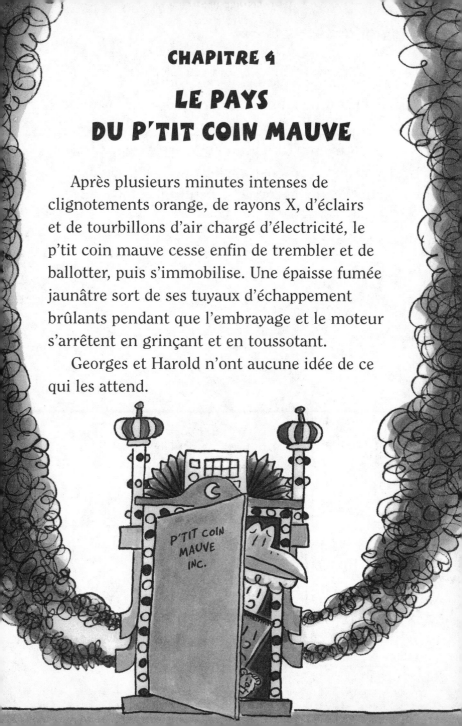

Ils devraient être perchés au sommet d'un arbre préhistorique, il y a 65 millions d'années, dans la période du Crétacé de l'ère mésozoïque. Mais, quand ils franchissent la porte de plastique du p'tit coin mauve, les garçons sont déçus de voir qu'ils se trouvent au milieu de la bibliothèque de l'école, à l'endroit même d'où ils sont partis.

— Qu'est-ce qu'on fait *ici*? demande Harold.

— Je ne sais pas, répond Georges. Nous avons probablement eu un problème technique.

Harold cache soigneusement Biscotte dans son sac à dos, puis les deux amis font le tour de la bibliothèque brillamment éclairée.

— Bonjour, les garçons, dit la bibliothécaire de l'école. C'est la Semaine des livres interdits. Avez-vous envie d'élargir vos horizons aujourd'hui?

— Heu... non, merci, répond Georges.

— Dites donc, dit Harold, vous n'aviez pas été congédiée dans notre dernier livre?

— Je ne crois pas, répond la bibliothécaire.

— Hum... fait Georges. J'ai l'impression que ça ne va pas...

— Ça ne va pas? demande Louis Labrecque, qui essaie de déchiffrer *Frankenpet contre les Lapins bioniques dégueus de Coucheville*, un livre pour les lecteurs débutants. Tu devrais peut-être aller voir l'infirmière de l'école!

— Il y a une infirmière à l'école? demande
Georges

— Je croyais qu'il n'y avait qu'une boîte de
pansements et une scie rouillée, dit Harold.

— Bien sûr qu'on a une infirmière!
s'exclame Louis. Son bureau est à côté de la
cafétéria gastronomique cinq étoiles.

Georges et Harold le regardent, abasourdis.

— Heu, *merci*, dit Georges. Ça va aller.

# CHAPITRE 5

# PERDUS AU PARADIS

En marchant dans le couloir de l'école, Georges et Harold ont l'impression que quelque chose cloche. Mais ils n'arrivent pas à mettre le doigt dessus.

Mme Empeine, la secrétaire extrêmement
grincheuse, passe à côté des garçons et leur
sourit gentiment.

— Bonjour, Georges et Harold, dit-elle. Je
suis vraiment contente de vous voir. Passez une
belle journée!

Georges et Harold la regardent, méfiants.

— Hum... fait Harold. *Qu'est-ce qui vient de
se passer*?

— Aucune idée, répond Georges. Mais il se
passe quelque chose de très bizarre.

Les deux amis ouvrent leur casier et y
cachent Biscotte et Sulu.

— Chut! fait Georges. Ils dorment.

— Parfait, dit Harold. Ils peuvent faire une
sieste pendant qu'on va à nos cours.

En se rendant à leur classe, ils s'arrêtent
pour intervertir les lettres du menu du midi.

Juste quand ils sont sur le point de terminer, le directeur, M. Bougon, les prend sur le fait.

— Hé, les gars! s'écrie-t-il. Qu'est-ce que vous faites là?

— Heu, eh bien... balbutie Georges. Vous voyez, nous... heu...

— *Crottes de nez juteuses! Menu pourri!* s'exclame M. Bougon avant d'éclater de rire. C'est la meilleure blague de la journée! Vous me faites rire, les garçons! Vous êtes si *drôles!*

Puis il s'éloigne allègrement, d'un pas léger, en sifflotant un air joyeux.

— Euh… *qu'est-ce qui vient de se passer*? demande Harold.

— Chut! fait Georges. Regarde!

Il désigne deux enfants qui avancent dans leur direction en lisant un album de bandes dessinées qu'ils ont probablement créé eux-mêmes. Celui de gauche porte un t-shirt et a les cheveux en brosse. Celui de droite a une cravate et des cheveux fous. Si ça te tente, tu peux essayer de te souvenir de tout ça.

— Mais… c'est *NOUS*! chuchote Georges.

— Ils ne peuvent pas être nous! chuchote Harold. Je croyais que *nous* étions nous.

Georges et Harold se cachent derrière une poubelle. Leurs sosies s'arrêtent devant le menu de la cafétéria et froncent les sourcils. Puis, avec un sourire diabolique, ils se mettent à réorganiser les lettres.

Fiers de leur mauvais coup, les deux garçons s'éloignent en ricanant méchamment.

— Euh… *Qu'est-ce qui vient de se passer*? demande Harold.

— Je crois que j'ai compris, répond Georges.

# CHAPITRE 6

# LE MONDE
# SELON GEORGES

— Je pense que le p'tit coin mauve nous a transportés dans une espèce d'étrange univers inversé, explique Georges.

— C'est impossible, dit Harold. Ce genre de chose n'arrive que dans les livres pour enfants mal écrits, dont les auteurs n'ont aucune imagination!

— Viens, je vais te le prouver, dit Georges.

Les deux amis entrent dans la cafétéria et hument l'air ambiant.

— C'est curieux, dit Harold. Ça ne sent pas les couches sales, l'eau de vaisselle graisseuse et les souliers de course moisis. Ça sent... la *nourriture*!

— Eh oui! dit Georges.

INGRÉDIENTS
NATURELS

COMPTOIR
À SALADE BI

Ensuite, les deux amis vont au gymnase.

— C'est curieux, dit Harold. Notre prof
de gym n'est plus obèse. Et il n'est pas d'une
cruauté extrême envers les enfants peu sportifs.

— Eh oui! dit Georges.

Finalement, Georges et Harold sortent de l'école.

— C'est curieux, dit Harold. Tous nos ennemis les plus cruels et les plus terrifiants du passé se sont miraculeusement transformés en bonnes personnes.

— Eh oui! dit Georges.

## CHAPITRE 7

# SAUVE QUI PEUT!

Georges et Harold retournent à leur casier en courant.

— Allons chercher Biscotte et Sulu, et sauvons-nous d'ici au plus vite, dit Georges.

— Bonne idée, dit Harold.

Mais en ouvrant la porte du casier, ils constatent que leurs animaux ont disparu.

— *Où sont passés Biscotte et Sulu?* crie Georges.

— Je ne sais pas, dit Harold. Personne d'autre que nous ne connaît la combinaison de ce casier. Personne, sauf...

49

— ... *nos sosies*! s'écrie Georges.

Harold essaie de refermer le casier, mais quelque chose bloque la porte.

— Qu'est-ce que c'est? demande Georges.

— On dirait une bande dessinée, répond Harold.

Il la ramasse et lit le titre à haute voix. C'est alors que nos deux héros commencent à entrevoir toute l'horreur de leur situation...

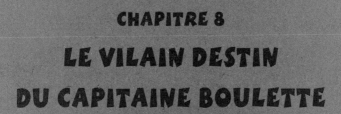

# CHAPITRE 8
# LE VILAIN DESTIN
# DU CAPITAINE BOULETTE

Une histoire d'Harold Hébert
illustrée par Georges Barnabé

# LE VILAIN DESTIN DU
# CAPITAINE BOULETTE

Par Harold Hébert
et Georges Barnabé

Il était une fois
deux méchants enfants
appelés Georges
et Harold.

Je suis méchant.

Je suis méchant aussi.

Ils avaient un très
gentil directeur qui
s'appelait M. Bougon.

Bonjour, les garçons!
Bonne journée!

Ouais, ouais.

Un jour, Georges et Harold
ont hypnotisé M. Bougon.

Tu vas nous obéir!

Oui, maître.

Ils lui ont fait
croire qu'il était
un vilain méchant.

Tu es maintenant
le capitaine Boulette.

D'accord.

Georges et Harold lui faisaient faire plein de choses cruelles...

Va voler une console de jeux vidéo.

OK

... et le capitaine Boulette obéissait.

JOUETS

VIDÉO STATION 2000

CRAC

Va voler un téléviseur à écran géant.

OK

VIDÉO STATION 2000

AUDIO VIDÉO

CRAC

Je suis si heureux que j'ai les larmes aux yeux!

Moi aussi!

Oh, oh!

VIDÉO STATION

ÉPICERIE

mouchoirs

CRAC!

Alors...

PIZZA

CRAC

Un instant, capitaine Boulette!

Vous avez volé des téléviseurs, des bains à remous, des boules disco, mais cette fois, vous êtes allé trop loin!

Je vous arrête pour vol de pizza!

Essayez pour voir!

ZOUM

La poursuite a commencé.

Le capitaine Boulette s'est fait pourchasser sur l'autoroute.

## SOUDAIN...

CHOCOLAT AU LAIT

Oh non!

Hé!

Beurre d'arachide CRÉMEUX

Attention!

CRAC

AAAAAAAH!

Le chocolat, le beurre d'arachide crémeux et le fromage de la pizza se sont mélangés pour produire une puissante réaction chimique...

pchhtt        pchhtt

... qui a donné des superpouvoirs au capitaine Boulette.

Je me sens super!

pchhtt

La-la-traaaa!

# ÉPILOGUE

## OH, EN PASSANT...

Chaque fois que le capitaine Boulette entend quelqu'un claquer des doigts...

CLAC

... il redevient M. Bougon.

Bonne journée!

Et chaque fois qu'on lui verse de l'eau sur la tête...

Il se transforme en capitaine Boulette.

Grrr

## NE L'OUBLIE PAS!

Les vilaines éditions de l'arbre inc.

# CHAPITRE 9

# PAS SANS MON HAMSTER (NI MON PTÉRODACTYLE)

— Je crois que nos vilains sosies ont créé cette bande dessinée, dit Harold.

— Probablement, dit Georges. Les dessins sont laids et je suis presque sûr qu'ils ont fait des fautes d'orthographe.

— Partons d'ici, dit Harold.

— Pas sans Biscotte et Sulu, dit Georges.

Georges et Harold courent à une fenêtre et regardent dehors. Ils voient leurs vilains sosies rentrer à la maison en emportant leurs animaux adorés.

— Biscotte et Sulu ne savent pas ce qui se passe, dit Georges. Ils croient que ces gars sont NOUS!

— Comment allons-nous *NOUS* arrêter? demande Harold.

# CHAPITRE 10

# HYPNO-HORREUR

Georges et Harold savent exactement où les deux vilains sosies ont emmené Biscotte et Sulu. À l'endroit où *ils* les auraient eux-mêmes emmenés : la cabane dans l'arbre.

Alors, nos deux héros s'y précipitent sans perdre une seconde. Ils grimpent à l'échelle de la cabane le plus *silencieusement* possible.

Mais quand ils regardent à l'intérieur, ils voient une chose qui est trois cent quatre-vingt-neuf fois pire que ce qu'ils avaient imaginé. Leurs vilains sosies *hypnotisent* leurs animaux chéris avec un Anneau hypnotique 3-D.

— Vous allez obéir à nos ordres, dit Vilain Harold.

— Ouais, dit Vilain Georges. Et vous deviendrez très cruels!

Georges et Harold poussent une exclamation, ce qui n'est pas une bonne idée quand on essaie de passer inaperçu.

— Hé, *regarde*! s'écrie Vilain Harold. Des *intrus*!

—*ATTRAPEZ-LES*! crie Vilain Georges aux animaux hypnotisés.

Biscotte ne bouge pas. Le ptérodactyle secoue la tête d'un air hébété. Mais Sulu s'élance aussitôt. Il se jette sur Georges et Harold, les saisit par la chemise et les jette au sol.

— Hé! dit Vilain Georges. Ces garçons
nous ressemblent comme deux gouttes d'eau.
Qu'allons-nous faire d'eux?

— Nous ne pouvons prendre aucun risque,
dit Vilain Harold.

Il crie à Sulu d'une voix forte et autoritaire :

— DÉTRUIS-LES, Ô VILAIN HAMSTER!

# CHAPITRE 11

# BISCOTTE
# À LA RESCOUSSE

Biscotte ne comprend pas ce qui se passe, mais le courageux ptérodactyle sait qu'il doit faire quelque chose... et *vite*! Déployant soudain ses grandes ailes, il descend en piqué et arrache Georges et Harold des petites griffes implacables du rongeur robotique enragé.

— Oh NON! crie Harold. Biscotte va nous emporter dans les airs puis nous laisser retomber! Nous sommes FICHUS!

— Heu, en fait, je crois qu'*il* essaie de nous *sauver*, dit Georges.

— Mais *il* a été hypnotisé comme Sulu, dit Harold. Pourquoi ferait-*il* le contraire de ce qu'ils *lui* ont ordonné?

— Et pourquoi nos pronoms sont-ils en italique? demande Georges.

— Laisse faire pour le moment, dit Harold. Il faut partir d'ici.

— On ne peut pas abandonner Sulu! s'écrie Georges.

— Ne t'inquiète pas, dit Harold. On reviendra le chercher.

Les trois amis volent donc jusqu'à l'école et se dirigent vers la bibliothèque.

— Hé! On dirait bien un ptérodactyle, dit M. Bougon en voyant passer nos héros. Laissez-moi le flatter! Laissez-moi le flatter! ajoute-t-il en se lançant à leur poursuite.

Georges, Harold et Biscotte parviennent à la bibliothèque au moment même où Sulu et les vilains sosies défoncent le plafond dans un terrible fracas.

— Vous ne nous échapperez pas, *CETTE* fois! dit Vilain Harold.

Désespérés, Georges, Harold et Biscotte s'entassent dans le p'tit coin mauve, claquent la porte et règlent vite les commandes.

M. Bougon et Sulu martèlent la porte à coups de poing pendant que les vilains sosies secouent la machine d'un côté à l'autre.

Soudain, une lumière orange commence à clignoter. Le p'tit coin mauve se met à trembler et à ballotter. Toute la pièce est illuminée par un éclair foudroyant au moment où le p'tit coin mauve (et tous ceux qui l'entourent) disparaissent dans un tourbillon d'air chargé d'électricité.

# CHAPITRE 12

# KA-BOUM!

Après un autre éclair aveuglant, ceux qui entourent la machine sont projetés dans toutes les directions. Le p'tit coin mauve cesse de trembler et de ballotter, et finit par s'éteindre.

LIRE
PEUT
VOUS
NUIRE

Ne vous y
risquez pas!

Georges, Harold et Biscotte ouvrent la porte.

— Regarde, dit Harold. Il n'y a pas de livres
sur les rayons. On doit être revenus dans notre
propre univers.

— Allons vérifier, dit Georges.

Les deux amis cachent Biscotte dans le
sac d'Harold et se glissent dans le couloir. En
regardant par les fenêtres des salles de classe, ils
voient des enfants démoralisés et découragés.

71

Certains pleurent dans un coin... D'autres sont assis à l'avant, coiffés de chapeaux humiliants... Quelques-uns recopient des phrases dégradantes au tableau, pendant que leurs enseignants fouillent dans les boîtes à dîner pour voler les meilleurs desserts.

— Eh oui, soupire Georges. C'est bien notre univers.

— Je n'aurais jamais pensé dire ça un jour, dit Harold, mais ça fait plaisir de rentrer chez nous.

— Allons à la *cabane*! s'écrie Georges.

# CHAPITRE 13

# UNIVERS À L'ENVERS

Quelques secondes après le départ de Georges, Harold et Biscotte, quatre voyageurs ahuris d'une autre dimension commencent à remuer. Vilain Georges, Vilain Harold, Vilain Sulu et Gentil M. Bougon s'avancent en trébuchant dans l'étrange bibliothèque déserte. Ils regardent autour d'eux en se frottant la tête.

— Regardez! Il n'y a pas de livres dans cette bibliothèque, dit Vilain Georges.

— Hum, fait Vilain Harold. On dirait qu'on
est entrés dans une espèce d'univers inversé.
Une réalité illogique où tout est à l'envers.

— À l'envers, hein? dit Vilain Georges.
*NOUS*, nous pourrions nous amuser dans un
endroit pareil!

Il se dirige vers la fontaine et arrose Gentil
M. Bougon.

75

Aussitôt, le sourire du Gentil M. Bougon
se transforme en rictus diabolique. Il arrache
ses vêtements, puis il prend un rideau à une
fenêtre et se l'attache autour du cou. Vilain
Georges lui tend une affreuse moumoute et le
vilain directeur se met à gronder en dilatant les
narines.

    — JE SUIS LE CAPITAINE BOULETTE!
rugit-il d'une voix caverneuse.

# CHAPITRE 14

# LE CHAPITRE OÙ IL SE PASSE QUELQUE CHOSE

Pendant ce temps, dans la cabane, Georges et Harold se munissent de quelques objets avant de repartir sauver Sulu.

— Il nous faut notre Anneau hypnotique 3-D pour transformer Sulu, dit Georges.

— Oui, dit Harold. Prenons aussi le reste de ce superjus croissance accélérée, à tout hasard.

— Bonne idée, dit Georges.

Les deux amis mettent le ptérodactyle et leurs provisions dans leurs sacs à dos et redescendent l'échelle.

— *Où croyez-vous aller comme ça?* demande une voix autoritaire au pied de l'échelle.

C'est le père de Georges. Il n'a pas l'air content.

— Heu, répond Georges, on doit retourner à l'école...

— Ouais, ajoute Harold. On a oublié quelque chose.

— Ça devra attendre demain, dit le père de Georges. Nous recevons les Hébert ce soir.

— Ah oui, j'avais oublié! dit Georges. C'est la Journée des grands-parents.

— Vous arrivez juste à temps pour souper, dit le père de Georges. Entrez vous laver les mains.

— *Mais le sort du monde est entre nos mains!* s'écrie Harold.

— Le sort du monde attendra demain, dit le père de Georges.

# CHAPITRE 15

## SUPER SOUPER

Après s'être lavé les mains, les deux amis entrent dans la salle à manger. Les parents de Georges ont préparé un gros repas, et tous les convives attendent patiemment que Georges et Harold se joignent à eux. La mère, la sœur et le grand-père d'Harold sont là, ainsi que les parents de Georges et son arrière-grand-mère.

— Bonjour, mes poussins, dit l'arrière-grand-mère de Georges. Qu'avez-vous fait, aujourd'hui?

— Rien, répond Georges en lui faisant un câlin.

— On a fait une bande dessinée pour grand-papa et toi, hier, dit Harold.

— Vraiment? demande le grand-père d'Harold. Montre-nous ça!

Georges fouille dans son sac et commence à en sortir le contenu.

— C'est au fond, quelque part, dit-il.

Il sort finalement deux exemplaires de leur dernière bande dessinée, *Les aventures de Papi Caleçon et de Mémé Corset*.

— Ça raconte comment vous devenez
des superhéros et sauvez le monde, explique
Georges.

— C'est moi qui ai fait les dessins, dit
Harold.

— C'est très bien, dit le père de Georges.
Maintenant, mangeons.

— On n'a *pas le temps*! proteste Georges. Il faut qu'on parte tout de suite. C'est très important!

Les deux grands-parents se versent un verre de jus et commencent à lire leur bande dessinée, pendant que les garçons discutent avec le père de Georges.

# CHAPITRE 16

# LES AVENTURES DE PAPI CALEÇON ET DE MÉMÉ CORSET

# UN ROMAN ÉPIQUE
DE
GEORGES BARNABÉ
ET HAROLD HÉBERT

# LES AVENTURES DE
# PAPI CALEÇON
## ET DE
# MÉMÉ CORSET

### par Georges Barnabé et Harold Hébert

Tout le monde sait que les grands-parents sont un peu innocents...

Ils racontent des blagues idiotes...

Quelle heure est-il quand l'orloge sonne 13 cous?

L'heure de la faire réparer! Hi! Hi!

? ?

Ils vous donnent des petits noms ridicules...

Bonjour, les poussins!

Ha! Ha!

Et ils n'ont aucune idée du prix des chozes.

Voici 5 cents. Va t'acheter un jeu vidéo.

C'est ça, merci.

5¢

Mais les grands-parents sont quand même super

**POUR UNE BONNE RÊSON.**

Ôte-toi de là!

Tassé-vous de mon chemin!

Nos héros!

Paf!

Poc!

ALORS...

Tout va bien jusqu'au ~~soir~~ jour où...

Un étranje magasin ouvre en ville.

ROBO-CHNOQUE INC.

# Il vend des **robots!**

Hé, les enfants!
Échangez vos vieux grands-parents usés
pour un robo-chnoque moderne!

*Super!*

---

Ils son meilleurs
que les
grands-parents
ordinaires

---

Ils racontent des bonnes blagues!

Qu'est-ce
qui a 10 mètres
de long et
sent le pipi?

Des p'tits vieux
qui dansent
en ligne

---

Ils vous donnent
des noms super...

Yo, man!

T'es trop
cool!

---

En plus, ils n'ont
aucune idée du prix
des chozes.

Voici 10 mille dollarts
pour des bonbons.

Bientôt, tout les enfants de la ville échangent leurs grands-parents...

Hé! Que fais-tu?

Rien

Où tu nous emmènes?

Nul part

ENTRÉE

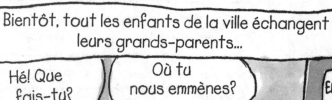

... contre de tout nouveaux robo-mémés et robo-pépés 2000.

SORTIE

WOW

super

J'adore mes robo-chnoques!

Un jour, il reste seulement 2 VRAIS grands-parents.

Ne nous échengez pas!

Sinon, vous allez avoir une raklée

Non, non!

Les grands-parents de Georges et Harold vont en ville.

Il y a quelque chose de louche.

Hum.

ROBO-CHNOQUE INC.

Ils entrent dans le magasin...

Chut.

N'ENTREZ PAS

ET...

Regarde!

ESCLAVES

Ils ouvrent la porte et font une tragik découverte.

Hé! Tous les grands-parents ~~ont~~ sont devenus des esklaves!

Oh la la

Il faut libérer ces p'tits vieux!

Comment?

J'sais pas.

Regarde! Une boîte de bonbons durs!

Miam

BONBONS DURS

Oublions les esclaves et mangeons des bonbons.

Quels esclaves?

croque

croque

Pendant ce temps, dans l'autre pièce...

Ces esclaves seront bientôt sous nos ordres.

Yé

Je vais leur donner des superpouvoirs.

Comment tu vas faire?

Facile! J'ai une boîte de bonbons durs à superpouvoirs!

Les vieux adorent les bonbons durs.

Je sais.

PLUS TARD

Ces bonbons étaient bons. Je me sens très fort.

Moi aussi. Super forte!

Oh non! Ces deux vieux ont mangé tous mes superbonbons!

BONBONS DUR

Les grands-parents de Georges et Harold se prennent les mains...

Activation super chnoques!

... tournent à toute vitesse...

... et se transe forment!

Je suis Papi Caleçon!

Je suis Mémé Corset!

Je suis inquiet!

Moi aussi

Les méchants se précipitent vers le toit.

Ils montent dans un ovni...

... et s'envolent.

Attention, robo-chnoques! Attakez Papi Caleçon et Mémé Corset!

Tous les robo-chnoques se transe forment...

clic    clic

... et s'envolent.

Papi Caleçon et Mémé Corset se font attaker, mais...

ils sont plus rapides qu'une voiturette électrik...

VROUM

plus puissants qu'une couche pour adulte...

POC

couches ultra sèches

et ils peuvent bondir dans les aires sans se casser la anche!

YouPiiiii

**MAIS...**

Ils sont trop nombreux!

J'ai une idée! Attire-les de ton côté!

Pendant que les robots prennent Mémé Corset en chasse...

Papi Caleçon attake l'ovni.

Hé!

PAF

TOC

BOUM

BANG

CRAC

Puis il prant de la peinture...

Hé

... et termine son euvre.

BONBON DUR

Hé, robo-nonos!

BONBON DUR

Regardez!

Quoi?

Hé!

Miam!

Les robo-chnoques se jettent tous sur l'ovni.

Ils se mettent à le dévorer...

CROQUE
CROQUE
CROQUE

Puis un des robots mord le conduit d'essence.

ET

KA BOUM

# CHAPITRE 17

# ENTRE-TEMPS, À LA CABANE...

Pendant que Georges supplie son père de les laisser partir, une bande de vilains voyous se faufile jusqu'à la cabane.

— Il faut créer une diversion pendant qu'on prépare notre infâme complot, dit Vilain Harold.

Ils se mettent à fouiller la cabane.

— Qu'est-ce que c'est que ce machin? demande Vilain Georges.

Il appuie sur le bouton de l'oiegrandisseur 4000. Un faisceau d'énergie jaillit du petit appareil et va frapper Vilain Sulu, qui était enfoui dans la poche de Vilain Harold.

Vilain Sulu se met aussitôt à grossir. Il
saute de la poche de Vilain Harold et retombe
lourdement par terre. *BOUM!* Il est maintenant
de la taille d'un gros chien de berger. Les vilains
sourient lorsque Vilain Sulu grogne et gronde
férocement.

— Je crois qu'on a trouvé notre diversion, dit Vilain Georges en projetant un autre rayon sur Vilain Sulu.

# CHAPITRE 18

# GRRRRR!

Vilain Sulu grossit jusqu'à devenir un monstre géant. Il bondit hors de la cabane et atterrit dans la cour avec un terrible fracas.

— *Qu'est-ce que c'est que ce bruit?* s'écrie le père de Georges.

Tout le monde se lève et se précipite dehors
pour voir l'horrible créature rugissante plus
grande que la maison. Pour une raison étrange,
les grands-parents de Georges et Harold sont
plus rapides que tout le monde. Ils se déplacent
plus vite qu'ils ne l'ont fait depuis des années.

Mais personne ne le remarque à cause du hamster géant.

— Qu'est-ce qui se passe? crie Harold.

— Nos vilains sosies ont dû réussir à nous suivre jusqu'ici, chuchote Georges. Il faut les arrêter avant qu'ils envahissent NOTRE UNIVERS!

Sulu traverse le quartier en écrasant tout sur son passage et se dirige vers le centre-ville. En effet, c'est l'endroit où vont généralement les monstres géants. Georges retourne dans la maison pour chercher l'Anneau hypnôtique 3-D et le contenant de superjus croissance accélérée, qui lui semble anormalement léger. Il siffle pour appeler Biscotte. Pendant que les adultes se tracassent au sujet de détails comme des clôtures brisées et des polices d'assurance, Georges, Harold et Biscotte s'envolent pour aller sauver le monde.

# CHAPITRE 19

# HAMSTERATTAQUE.CA

Bientôt, les trois amis planent au-dessus du centre-ville. Ils retrouvent leur vieux copain Sulu, devenu un horrible monstre géant qui détruit tout sur son passage.

— Il va falloir qu'on boive du superjus croissance accélérée pour l'empêcher de détruire la ville, dit Harold.

— Heu, Harold? dit Georges en observant le carton de jus d'un air perplexe.

— C'est *génial*! dit Harold. J'ai toujours voulu avoir des superpouvoirs!

— Heu, *Harold*? répète Georges en agitant le carton de jus près de son oreille.

— J'espère que ça va me transformer en maître de kung-fu à vision surhumaine! dit Harold. Ce serait fantastique!

— Heu, *HAROLD*? hurle Georges en retournant le carton à l'envers. Il est vide!

— *Comment ça*? crie Harold. Il en restait au moins un *tiers* il y a vingt minutes!

— Eh bien, plus maintenant, dit Georges. Le jus a dû s'évaporer.

Impuissants, les garçons observent Vilain Sulu Géant qui continue de saccager la ville.

— Eh bien, dit Georges, il ne reste qu'une chose à faire.

Les trois amis volent jusqu'à la maison
de leur directeur, M. Bougon. Elle est facile à
trouver, car c'est la seule maison de l'avenue de
la Teigne qui est couverte de papier hygiénique.

— La prochaine fois, on utilisera du papier
simple épaisseur, dit Georges. Ça couvrira une
plus grande surface.

Après un coup rapide à la porte et un
claquement de doigts éclair, M. Bougon se
transforme en capitaine Bobette. L'instant
d'après, le plus fantastique superhéros chauve
du monde se retrouve face à face avec le plus
gros hamster bionique du monde.

# CHAPITRE 20

# CHAPITRE D'UNE EXTRÊME VIOLENCE, 1ʳᵉ PARTIE (EN TOURNE-O-RAMA ᴹᶜ)

# Voici le TOURNE

Autrefois, les images d'une extrême violence étaient considérées comme dangereuses, nuisibles et même immorales.

Aujourd'hui, elles sont une source d'amusement pour toute la famille, grâce à la technique du tourne-o-rama!

# PILKEY<sup>MD</sup> O-RAMA

## MODE D'EMPLOI :

**Étape n° 1**
Place la main *gauche* sur la zone marquée « MAIN GAUCHE » à l'intérieur des pointillés. Garde le livre ouvert et bien *à plat*.

**Étape n° 2**
Saisis la page de *droite* entre le pouce et l'index de la main droite (à l'intérieur des pointillés, dans la zone marquée « POUCE DROIT »).

**Étape n° 3**
Tourne *rapidement* la page de droite dans les deux sens jusqu'à ce que les dessins aient l'air *animés*.

(Pour avoir encore plus de plaisir, tu peux créer tes propres effets sonores!)

# TOURNE-O-RAMA 1

(pages 115 et 117)

N'oublie pas de tourner
*seulement* la page 115.
Assure-toi de voir les dessins
aux pages 115 *et* 117 en tournant la page.
Si tu la tournes assez vite, les dessins
auront l'air d'<u>un seul</u> dessin *animé*.

N'oublie pas de créer
tes propres effets sonores!

**MAIN GAUCHE**

# HAMSTER
# HARGNEUX

115

POUCE
DROIT

# HAMSTER
# HARGNEUX

# TOURNE-O-RAMA 2

(pages 119 et 121)

N'oublie pas de tourner
*seulement* la page 119.
Assure-toi de voir les dessins
aux pages 119 *et* 121 en tournant la page.
Si tu la tournes assez vite, les dessins
auront l'air d'<u>un seul</u> dessin *animé*.

N'oublie pas de créer
tes propres effets sonores!

**MAIN GAUCHE**

# CASSE-TÊTE

POUCE
DROIT

# CASSE-TÊTE

# CHAPITRE 21

# CHAPITRE UN PEU DÉCEVANT

La lutte entre l'homme et la bête est terminée. Georges et Harold flattent la tête géante de Sulu en poussant un soupir de soulagement.

— Il va s'en remettre, dit Georges. Il est juste un peu étourdi.

— Super! dit Harold. On dirait que nos problèmes sont réglés!

— PAS SI VITE! lance une voix qui vient du coin inférieur droit de la page suivante.

C'est Vilain Georges, accompagné de Vilain Harold et de l'ultra Vilain capitaine Boulette.

Le terrible trio vient de mener à bien un méfait machiavélique (ce qui est juste une façon compliquée de dire qu'ils ont dévalisé une banque).

— Quelqu'un a attaqué notre hamster géant, dit Vilain Harold. Ça mérite une bonne leçon!

— Et je suis l'homme idéal pour ça! dit fièrement le capitaine Boulette.

Aussitôt, l'atmosphère se charge d'électricité.
Tout le monde recule. L'affrontement du siècle
va avoir lieu. Le capitaine Bobette va se lancer
dans une bataille historique contre son vilain
sosie. Jamais notre courageux héros n'a affronté
un ennemi aussi puissant. Superpouvoirs
contre superpouvoirs. Le capitaine Bobette fait
face à son égal. Il a affaire à forte partie. Ça va
donner un grand coup. Ce sera du jamais vu.
Une épreuve de force incroyable... une guerre
totale... un conflit ultime entre le bien et le
mal... une confrontation capitale de la plus
haute...

*CLAC!*

Georges claque des doigts, et l'extrêmement Vilain capitaine Boulette se métamorphose en gentil directeur d'école primaire.

— Ah, zut! crient Vilain Georges et Vilain Harold.

— On a lu le chapitre 8 de votre bande dessinée, dit Harold. Pensiez-vous qu'on ne se rappellerait pas comment transformer votre vilain capitaine Boulette en gentil directeur?

Georges et Harold s'empressent de trouver de la corde pour attacher Vilain Georges, Vilain Harold et Gentil M. Bougon.

— On va vous ramener dans votre univers, dit Georges. Comme ça, vous ne pourrez plus nous embêter!

— Il ne nous reste plus qu'à déshypnotiser Sulu! dit Harold. Nos ennuis sont terminés!

— Tu ne devrais pas dire des choses pareilles, tu sais, dit Georges.

— Pourquoi? demande Harold.

# CHAPITRE 22

# KA-BOUM!

Soudain, un éclair illumine le ciel, un coup de tonnerre éclate et il se met à pleuvoir.

— *Voilà pourquoi*, dit Georges.

Les premières gouttes de pluie tombent sur le visage dodu du capitaine Bobette. En quelques secondes, le puissant superhéros fantastique qu'il était devient un directeur d'école primaire grincheux.

Cependant, la pluie a l'effet contraire sur Gentil M. Bougon, qui se métamorphose de nouveau en supervilain capitaine Boulette arrogant et hargneux.

Vilain Georges et Vilain Harold ont un sourire plus cruel que jamais pendant que le capitaine Boulette les libère en criant triomphalement :

— La-la-traaaa!

Georges et Harold s'empressent de claquer des doigts, mais cela semble n'avoir aucun effet. Il pleut beaucoup trop, et M. Bougon commence à s'impatienter.

— C'est le rêve le plus idiot que j'aie jamais fait! déclare-t-il. Je vais chez moi me recoucher.

Tournant les talons, il se dirige d'un pas lourd vers sa maison couverte de papier hygiénique détrempé.

— On dirait que la chance a tourné, ricane
Vilain Harold.

— Vous n'avez pas encore gagné! proteste
Georges.

Il monte vite sur le dos de Biscotte, suivi
d'Harold, et les trois amis s'envolent vers leur
cabane dans l'arbre.

— Ne restons pas là! crie Vilain Harold à ses
vilains compagnons. ALLONS LES CHERCHER!

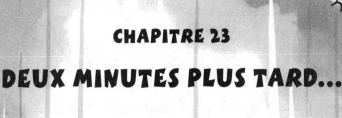

# CHAPITRE 23

# DEUX MINUTES PLUS TARD...

De retour chez Georges, nos héros fouillent fébrilement leur cabane.

— Je l'ai trouvé! s'écrie Georges. Le rétréciporc 2000! On n'a qu'à rapetisser ces horribles vilains, et le monde sera sauvé!

— *Trop tard!* crie le capitaine Boulette en attrapant les deux garçons par le collet.

— On va prendre ce rétrécimachin, dit Vilain Harold en saisissant l'appareil. Je ne sais pas encore comment ça marche, mais j'imagine déjà *un million cent neuf* usages malfaisants pour ce truc!

Le capitaine Boulette soulève Georges et Harold dans les airs en grondant férocement.

— Préparez-vous à être PULVÉRISÉS! rugit-il.

— Nous sommes *PERDUS!* hurle Harold.

— UN INSTANT, JEUNE HOMME! lance une voix familière à l'intérieur de la maison.

## CHAPITRE 24

# LÂCHEZ NOS PETITS CHÉRIS!

Le grand-père d'Harold et l'arrière-grand-mère de Georges sortent sur le patio et s'adressent à cette grosse brute de capitaine Boulette.

— Remets nos petits chéris par terre ou tu vas avoir la raclée de ta vie, dit l'arrière-grand-mère de Georges.

Le capitaine Boulette éclate d'un rire arrogant.

— C'est la dernière fois qu'on t'avertit, sale brute, dit le grand-père d'Harold.

Le capitaine Boulette resserre sa poigne sur les deux garçons.

Les octogénaires se regardent dans les yeux
et se prennent les mains en criant :
— *ACTIVATION* super chnoques!

Ils se mettent à tourner à toute vitesse. Ils tournent de plus en plus vite, jusqu'à ce qu'une tornade se forme, arrachant leurs vêtements et leurs bijoux, et projetant les meubles de jardin dans tous les sens.

Soudain, la tornade se calme, et les deux vieillards réapparaissent, essoufflés et vêtus de leurs seuls sous-vêtements. Ils font fièrement face à leurs adversaires, qu'ils fixent d'un regard intrépide.

— Oh! que c'était amusant, Henri. Recommençons! dit l'arrière-grand-mère de Georges.

— Hé, hé, hé! glousse le grand-père d'Harold. D'accord, ma chère, mais donnons d'abord une leçon à ce gros garçon.

— Oh oui! dit l'arrière-grand-mère de Georges. Il a besoin d'une bonne correction!

Le grand-père d'Harold arrache les rideaux d'une fenêtre et les noue autour de son cou et de celui de l'arrière-grand-mère de Georges.

— Pas trop serré, Henri, lui dit-elle.

Une fois leurs capes bien attachées, les deux supervieux s'approchent triomphalement du capitaine Boulette.

— Bon, mon garçon, dit le grand-père d'Harold. Prépare-toi à recevoir une bonne fessée de la part de Papi Caleçon et Mémé Corset!

# CHAPITRE 25

# CHAPITRE D'UNE EXTRÊME VIOLENCE, 2ᴱ PARTIE (EN TOURNE-O-RAMAᴹᶜ)

# TOURNE-O-RAMA 3

(pages 143 et 145)

N'oublie pas de tourner
*seulement* la page 143.
Assure-toi de voir les dessins
aux pages 143 *et* 145 en tournant la page.
Si tu la tournes assez vite, les dessins
auront l'air d'<u>un seul</u> dessin *animé*.

N'oublie pas de créer
tes propres effets sonores!

**MAIN GAUCHE**

# COUP
# DE VIEUX

143

144

# COUP
# DE VIEUX

# TOURNE-O-RAMA 4

(pages 147 et 149)

N'oublie pas de tourner
*seulement* la page 147.
Assure-toi de voir les dessins
aux pages 147 *et* 149 en tournant la page.
Si tu la tournes assez vite, les dessins
auront l'air d'<u>un seul</u> dessin *animé*.

N'oublie pas de créer
tes propres effets sonores!

**MAIN GAUCHE**

# FESTIVAL
# DE CANNE

147

# FESTIVAL
# DE CANNE

# TOURNE-O-RAMA 5

(pages 151 et 153)

N'oublie pas de tourner
*seulement* la page 153.
Assure-toi de voir les dessins
aux pages 151 *et* 153 en tournant la page.
Si tu la tournes assez vite, les dessins
auront l'air d'<u>un seul</u> dessin *animé*.

N'oublie pas de créer
tes propres effets sonores!

**MAIN GAUCHE**

# MASSACRE
# À LA MARCHETTE

# MASSACRE
# À LA MARCHETTE

# CHAPITRE 26

# *RÉTRÉCIPLOUCS*

— Je pense que je sais ce qui est arrivé au superjus croissance accélérée, dit Georges.

— Ah bon? dit Vilain Georges. Mais il y a *UNE CHOSE* que tu ne sais pas : on n'a qu'à appuyer sur UN BOUTON de ce rétrécimachin, et vous vous transformerez tous en modèles réduits!

— Vas-y, appuie sur le bouton! dit Harold en riant. Tu le tiens à l'envers! Tu vas te rapetisser toi-même!

— Vraiment? dit Vilain Harold. Merci bien!

Il retourne le rétréciporc 2000 et appuie sur le bouton.

Les deux misérables vilains sont devenus deux minuscules mauviettes.

— Hé! crie Mini Vilain Georges. Qu'est-ce qui s'est passé?

— Oh là là! s'exclame Harold. J'ai dû me tromper. Tu le tenais probablement à l'endroit, après tout. Pardon.

— Je connais deux mauviettes qui ont besoin d'une bonne fessée! dit Georges.

# CHAPITRE 27
# CHAPITRE D'UNE EXTRÊME VIOLENCE, 3ᴱ PARTIE (EN TOURNE-O-RAMA^MC)

MAIN GAUCHE

# MINI
# FESSÉE

159

160

## MINI
## FESSÉE

# CHAPITRE 28

# POUR CONCLURE

— Eh bien, notre travail est terminé! dit Papi Caleçon.

— Oui, mon beau surhomme, dit Mémé Corset en gloussant.

Georges et Harold se jettent un regard horrifié.

— Tu sais, beauté, je connais un buffet où on peut manger à volonté, dit Papi Caleçon. Il y a même un *rabais pour les gens du troisième âge*!

— Allons-y, mon beau héros d'amour! dit
Mémé Corset en embrassant passionnément son
cou grassouillet.

La scène qui suit peut être décrite comme le
baiser de cinq minutes le plus baveux de toute
l'histoire des livres pour enfants. Les dentiers
s'entrechoquent, les rides pendent, les bajoues
se frottent et tremblotent comme de la gélatine.

— Hum, dit Harold. Je crois que je vais aller
me laver les yeux.

— Moi aussi, dit Georges.

Pendant que les superhéros arthritiques s'envolent dans le soleil couchant, Georges et Harold décident d'essayer de TOUTES LEURS FORCES de ne plus penser au spectacle dégoûtant dont ils viennent d'être témoins.

— Viens, il faut conclure cette histoire, dit Georges. On doit d'abord déshypnotiser Sulu et le rétrécir.

— Après, on doit retourner dans le p'tit coin mauve pour ramener ces misérables mauviettes dans leur univers à l'envers.

# CHAPITRE 29

# EN UN MOT

*ZAP!*

# CHAPITRE 30

# BREF

*PAF!*

# CHAPITRE 31

# CHAPITRE OÙ TOUT EST BIEN QUI FINIT BIEN

— Ça s'est bien passé, hein? dit Harold. Sulu a retrouvé sa taille et sa personnalité, et les mauviettes du p'tit coin mauve sont de retour dans leur propre univers, hors d'état de nuire. Tout est bien qui finit bien!

— Pourquoi dis-tu toujours des choses comme ça? demande Georges d'un air contrarié.

— Des choses comme *quoi*? dit Harold.

— Tu n'as donc pas suivi toutes nos
histoires? demande Georges. Chaque fois que
quelqu'un dit quelque chose de ce genre, ça
veut toujours dire qu'un tas de malheurs va
nous tomber dessus.

— Mais qu'est-ce qui pourrait bien nous
arriver de mal? proteste Harold.

— *PAS UN GESTE!* crie le chef de police. Vous êtes en état d'arrestation pour avoir dévalisé la banque du Fric. J'ai bien l'impression que vous resterez en prison jusqu'à la fin de vos jours.

— Tu vois ce que je voulais dire? dit Georges. Arrête de dire des choses comme ça!

— Je suppose que tu as raison, dit Harold. Mais rien de pire ne peut nous arriver, maintenant!

— Nooooon! crie Georges. Tu *recommences*! Je parie qu'en tournant la page, quelque chose d'encore *plus horrible* va se produire! Quand apprendras-tu à la boucler, à la fin des livres?

— Mais qu'est-ce qui pourrait être pire que la prison à vie?

# CHAPITRE 32

# PIRE QUE LA PRISON À VIE

Tout à coup, une boule lumineuse bleutée surgit de nulle part. Elle devient de plus en plus grosse et finit par exploser dans un éclair aveuglant.

À l'endroit où était la boule lumineuse se trouve un pantalon robotique géant et fumant.

— Ça ne me dit rien de bon... dit Georges.

La fermeture éclair du pantalon s'ouvre. Une tête affreusement familière sort par l'ouverture.

— Hé! C'est le professeur K.K. Prout! s'écrie Harold.

Les policiers éclatent de rire.

— Arrêtez de RIRE! crie le petit homme dans le pantalon géant. Je ne m'appelle plus K.K. Prout. Mon nom est maintenant Fifi Ti-Père!

Les policiers rient de plus belle.

— Et j'ai une *surprise* pour ceux qui
trouvent mon NOUVEAU nom ridicule! lance le
professeur en colère.

Le haut du pantalon métallique s'ouvre et
une arme laser géante s'élève de ses entrailles
robotiques.

Un faisceau lumineux frappe les policiers hilares et les transforme aussitôt en statues gelées.

— Mon paralyseur 4000 s'occupera de tous ceux qui tenteront de m'arrêter! dit Fifi. L'heure de la *vengeance* a sonné!

— OH NON! crie Georges.

— ET VL'À QUE ÇA RECOMMENCE! enchaîne Harold.